AF382617

GUÍA DE LECTURA

Escrita por Camilo Casallas Torres

La conjura de los necios

de John Kennedy Toole

ResumenExpress.com

Entiende fácilmente la literatura con

ResumenExpress.com

www.resumenexpress.com

JOHN KENNEDY TOOLE

¿QUÉ VIENE DESPUÉS DE LA MUERTE?

- **Nacido en 1937 en Nueva Orleans (Estados Unidos)**
- **Fallecido en 1969 en Biloxi (Misisipi, Estados Unidos)**
- **Premios literarios:**
  - Ganador póstumo del premio Pulitzer de ficción en 1981
- **Algunas de sus obras:**
  - *La Biblia de neón* (2002), novela

John Kennedy Toole fue un escritor de clase media, por lo que estaba prácticamente atrapado entre los muros de una sociedad poco fértil para las creaciones artísticas. Su madre no fue de mucha ayuda y Kennedy Toole tuvo una relación contradictoria con ella: de mucha intimidad, pero también de rechazo y conflicto. Sin embargo, fue esta la que lo introdujo en el mundo de la literatura y de las artes, puesto que lo inscribió en unos cursos de teatro humorístico.

Posteriormente, Kennedy Toole entraría en la Universidad de Tulane, y luego estudiaría Inglés en la Universidad de Columbia. Como académico, impartió varios cursos y fue relativamente respetado. No obstante, su carrera se vio interrumpida durante su servicio militar en Puerto Rico —aunque allí siguió dando clases de Literatura—.

Kennedy Toole envió el manuscrito de *La conjura de los necios* a varios editores y no tuvo ningún éxito, pues estos lo rechazaron y lo aislaron del ámbito literario. Deprimido y paranoico, Kennedy Toole salió de viaje por el país y, en una parada en Biloxi, Misisipi, se suicidó conectando una manguera al tubo de escape de su coche e inhalando el monóxido de carbono.

Una década después, la madre de Kennedy Toole le llevó el manuscrito de *La conjura de los necios* al editor Walker Percy.

> «Pero la señora fue tenaz; y, bueno, un buen día se presentó en mi despacho y me entregó el voluminoso manuscrito. Así pues, no tenía salida; sólo quedaba una esperanza: leer unas cuantas páginas y comprobar que era lo bastante malo como para no tener que seguir leyendo. […]

En este caso seguí leyendo. Y seguí y seguí. Primero, con la lúgubre sensación de que no era tan mala como para dejarla; luego, con un prurito de interés; después con una emoción creciente y, por último, con incredulidad: no era posible que fuera tan buena» (Percy 2015, 9-11).

Así pues, fue la madre de Kennedy Toole quien llevó a su hijo a la fama.

¿SABÍA QUE...?

John Kennedy Toole solo escribió otra novela, llamada *La Biblia de neón*. La novela se centra en un pueblo típico estadounidense durante la Segunda Guerra Mundial, donde un adolescente recluido convive con su madre y su tía. Los esposos han ido a la guerra y las mujeres van a las fábricas. Los hombres que regresan se vuelven fanáticos religiosos o alcohólicos, y el protagonista trata de escapar.

Kennedy Toole odiaba la novela por considerarla demasiado adolescente, e hizo pocos esfuerzos para que fuera publicada. Sin embargo, y a pesar de que *La conjura de los necios* es su obra maestra, *La Biblia de neón* es un libro que también merece un reconocimiento.

LA CONJURA DE LOS NECIOS

LA LITERATURA DE LOS SUBTERRÁNEOS

- **Género:** novela picaresca
- **Edición de referencia:** Kennedy Toole, John. 2015. *La conjura de los necios*. España: Anagrama
- **Primera edición:** 1980
- **Temáticas:** alienación y pobreza, trabajo, política

La conjura de los necios es una novela extraña y apasionante. Es tan peculiar para su época que el editor Walker Percy anota que, en medio de un panorama todavía contradictorio en cuanto a la política, la novela trata el tema de los problemas raciales con responsabilidad, sin estereotipos.

Ignatius J. Reilly es un extravagante habitante de la ciudad de Nueva Orleans. Tiene una fe ciega en el sistema político monárquico y se cree un adalid de la moral, pues está movido por una creencia en sistemas medievales de pensamiento. Está en eterna confrontación con su madre, quien lo obliga a realizar trabajos de poca monta en los que la moral implacable de Ignatius también se hará presente para influir, molestar y desprestigiar a patrones y compañeros de trabajo.

El ciclo de confrontaciones hará imposible la vida de Ignatius y terminará por transformar su cuerpo y su pensamiento.

RESUMEN

FIESTA DECADENTE EN NUEVA ORLEANS

Ignatius J. Reilly espera con paciencia a su madre fuera de una tienda. Sin embargo, su tranquilidad se ve interrumpida cuando Angelo Mancuso, un oficial de policía, lo interroga por considerarlo sospechoso—Ignatius lleva una gorra de cazador humorística, un bigote ridículo y es excesivamente obeso—. Un anciano, Claude Robichaux, obsesionado con el comunismo, lo salva: ataca al policía ya que considera que está molestando al joven Ignatius. Irene, la madre de Ignatius, llega segundos después y se van, mientras Mancuso detiene a Robichaux.

Los Reilly terminan en un bar de mala muerte, llamado Noche de Alegría. Allí conocen a una camarera, Darlene, y a su tiránica patrona, Lana Lee, con quienes interactúan. El resto de clientes se siente molesto por la presencia de Ignatius, quien eructa y huele muy mal.

Al salir del bar, Ignatius e Irene buscan su coche entre el barullo de Nueva Orleans: disfraces, borrachos y calor llenan el ambiente. Madre e hijo encuentran el coche, pero la mujer, que se sienta en el puesto de conductor, ha bebido demasiado alcohol y estrella el vehículo frente a un edificio. El propietario sale iracundo a protestar ante los Reilly. Antes de que la situación empeore, Angelo Mancuso aparece en escena y ayuda a Irene. Sin embargo, le deben dinero al propietario del edificio por los daños.

<u>**¿Sabía que...?**</u>

Además de ser una novela excelente y humorística, *La conjura de los necios* se reconoce como una compilación extraordinaria de los tipos sociales y de los lenguajes de Nueva Orleans: negros, italoamericanos, irlandeses, latinos, prostitutas, obreros y policías se dan cita en la novela. En un epígrafe bastante explícito, se dice que Nueva Orleans tiene más en común con los pueblos del Mediterráneo que con los habitantes de Nueva York, por ejemplo. El libro, como aspecto secundario pero diciente, es un atlas y un diccionario de este carácter cosmopolita y multicultural de la ciudad.

SAN IGNACIO, PATRONO DE LOS EJERCICIOS ESPIRITUALES

Ante la tremenda deuda de la familia, Irene obliga a su hijo a trabajar. Ignatius, más entregado a la espiritualidad, el trabajo intelectual, la escritura y la televisión, reniega con ahínco, pero al final acepta, busca trabajo y acaba consiguiendo uno en la empresa Levy Pants, dedicada a la fabricación de pantalones vaqueros. Ignatius se dedica a gestionar el archivo, pero además emprende una cruzada ética para que la empresa funcione mejor. Levy Pants está prácticamente abandonada por su dueño, y la gestiona un supervisor mediocre pero puntual, González, y una secretaria senil, Trixie. Después de bailar de forma ridícula para los trabajadores negros de la fábrica, los convence para que protesten en contra del señor Levy, el patrón. Así mismo, envía una carta insultante a uno de los proveedores de Levy Pants y la firma con el nombre del señor Levy. Los trabajadores, tras enterarse de que

Ignatius tuvo una confrontación con la policía, comienzan a desconfiar y la protesta no surte efecto. A continuación, Ignatius es despedido.

En ese momento nos enteramos de que, durante su tiempo en la universidad, Ignatius mantuvo una extraña relación con una mujer judía izquierdista llamada Myrna Minkoff. La relación, alimentada por las ideas antagónicas, ha terminado: Myrna ahora vive en Nueva York haciendo activismo, y mientras tanto Ignatius se recluye cada vez más en su casa materna. Ignatius quiere provocar a Myrna y le envía cartas haciéndole saber que está liderando movimientos sindicalistas.

PUEBLO CHICO, INFIERNO GRANDE

Después de detener a Robichaux, en la comisaría de policía se acusa a Mancuso de ser ineficaz en su trabajo. Así, se le ordena salir con disfraces ridículos (como de Papá Noel) para atraer a delincuentes y capturarlos. Irene, tras el accidente, se vuelve amiga del policía y de su tía, Santa Battaglia. A Ignatius le parece que es una relación nociva, ya que juntos van a jugar a los bolos y terminan tomando alcohol y quedándose hasta altas horas de la noche. Además, Santa repudia a Ignatius, pues considera que se aprovecha de Irene.

Sin embargo, por petición de su madre, Ignatius le presta al policía su libro de cabecera, *De la consolación de la filosofía*. Se trata de un texto medieval, escrito por Boecio, en el que el autor escribe sobre la arremetida de la sociedad contra él.

Un joven negro, Jones, sale de la cárcel y empieza a trabaja en el bar Noche de Alegría. Aunque no considera que le paguen lo justo por limpiar el lugar, se ve obligado a hacerlo, pues está amenazado por la policía. Jones está resuelto a sabotear el negocio. Como buen observador, se da cuenta de que Lana Lee, propietaria de Noche de Alegría, está envuelta en negocios oscuros: la mujer le entrega unos paquetes sospechosos a un hombre y dice que este negocio beneficia a los huérfanos, pero Jones no le cree. Este hombre, Gus, se encuentra con Mancuso en una estación de tren y le roba el libro de Boecio.

PIRATAS Y PERRITOS CALIENTES

Ignatius vuelve a ser atacado por su madre después de perder el trabajo en Levy Pants y vuelve a buscar trabajo. Lo encuentra en una empresa llamada Industrias Paraíso. Vende perritos calientes en un carrito callejero y se viste de pirata, con una espada de plástico, un pañuelo y un aro en la oreja. La rueda de la fortuna se mueve de nuevo e Ignatius engorda, pues se come todos los perritos calientes. Pronto, el encargado lo acusa de ser antihigiénico por acariciar gatos mientras trabaja. Finalmente, el encargado le da una nueva oportunidad, pero Ignatius tiene que vender en el barrio rojo de Nueva Orleans. Gus, el tipo con el que Lana Lee hace negocios, nota que el carrito de Ignatius es perfecto para guardar los paquetes. Ignatius accede y le exige un pago, y se emociona al ver que Gus tiene una edición del libro *De la consolación de la filosofía* (que, en realidad, es su libro). En ese momento uno de los paquetes se rompe, y se confirma que Gus es traficante de pornografía en los colegios de la ciudad. Ignatius queda enamorado de una mujer de las que salen en las fotos: parece una profesora universitaria a la que se le ha obligado a desnudarse. Ignatius exige que se le presente a la profesora, y Gus le dice que la mujer trabaja en Noche de Alegría. Entonces, Ignatius se promete rescatarla del infierno amoral en el que vive.

UN ÚLTIMO GIRO

Más adelante, Ignatius se convence de que desatará la ira de Myrna si organiza a un grupo de homosexuales en un partido político y gana las elecciones. Myrna, en efecto, se preocupa, pues cree que Ignatius es homosexual. Sin embargo, el mitin político es un desastre pues los asistentes creen que están en una fiesta y echan a Ignatius.

Ignatius se dirige a Noche de Alegría, y lo sigue uno de los asistentes al mitin, un misterioso hombre vestido con sombrero. Jones, ahora portero en el bar y actor disfrazado de esclavo, lo deja pasar ante la sospecha de Lana Lee. Ignatius queda decepcionado al ver que la actriz en el escenario no es quien se imaginaba, sino Darlene. El espectáculo termina cuando un exótico pájaro se cuelga del aro en la oreja de Ignatius. Esto hace que él pierda el control y tumbe las mesas del bar; a continuación, sale estrepitosamente del establecimiento y es atropellado por un bus. En ese momento, se descubre que el hombre del sombrero es Mancuso. Jones, al ver su oportunidad de causar daño, le dice a Mancuso que revise el compartimiento de la pornografía.

RENACIMIENTO

Ignatius se recupera del accidente y se entera de que se ha vuelto un personaje infame, una vergüenza para su madre. La foto de Ignatius recostado sobre el asfalto sale ahora en varios periódicos. Al mismo tiempo, se descubre la carta que escribió Ignatius al proveedor de Levy Pants; la empresa le debe cinco mil dólares al proveedor. El señor Levy acusa a Ignatius, pues está seguro de que fue él quien envió la carta. Para su sorpresa, Ignatius miente y dice que la carta la envió la senil señora Trixie. La mujer, confundida, acepta la culpa. Sin embargo, Levy sabe que eso no es cierto, pero también sabe que el sueño de Trixie de ser jubilada se verá de esta forma satisfecho, que él saldrá de la deuda y que Ignatius también saldrá beneficiado.

Irene, cansada y preocupada por su hijo, quiere enviar a Ignatius a un manicomio, pero él intuye el plan de su madre y planea escapar. Por fortuna, en ese momento llega Myrna, quien ha tenido la corazonada de que todo va mal. Ignatius se sube al coche de Myrna y arrancan justo cuando la ambulancia del manicomio llega. Ignatius se siente feliz.

ESTUDIO DE LOS PERSONAJES

Los personajes de *La conjura de los necios* son apasionantes antihéroes clandestinos que vagan por las calles de Nueva Orleans y se enclaustran en apartamentos inmundos. Son personajes variados y extraños, y no se parecen a los típicos protagonistas, hermosos e inteligentes, sino que son sucios desechos de la sociedad.

IGNATIUS J. REILLY

Ignatius es una fuerza arrolladora, un hombre descomunal cuya presencia se nota allá donde vaya:

> «Una gorra de cazador verde apretaba la cima de una cabeza que era como un globo carnoso. Las orejeras verdes, llenas de unas grandes orejas y pelo sin cortar y de las finas cerdas que brotaban de las mismas orejas, sobresalían a ambos lados como señales de giro que indicasen dos direcciones a la vez. Los labios, gordos y bembones, brotaban protuberantes bajo el tupido bigote negro

y se hundían en sus comisuras, en plieguecitos llenos de reproche y de restos de patatas fritas» (Kennedy Toole 2015, 15).

Convencido y comprometido con sus ideales, él es el último héroe, un Don Quijote de la posmodernidad, gordo legendario, maestro de lo ridículo, bailarín destellante, experto del disfraz, glotón monumental, amigo de las minorías, enemigo de la modernidad, retórico experto y creyente fervoroso.

Ignatius es todo lo que odiamos y todo lo que amamos del siglo XX. Sería absurdo tratar de describirlo en toda su magnitud tanto física como intelectual, espiritual y emocional. Así como lee con cuidado tratados de teología, ve con la misma pasión el programa del Oso Yogui; así como organiza protestas sindicales de trabajadores negros, también pronuncia discursos morales sobre la decadencia del siglo XX. Es un personaje contradictorio, con una mente convulsa y aterradoramente fascinante. Si de algo estamos seguros es de que eructa con frecuencia y de que está en contra del fascismo. No es el héroe que merecemos, sino el que necesitamos.

IRENE REILLY

Ser la madre de Ignatius no es fácil. Por eso, Irene es resignada y fatalista. Le ruega a Ignatius que cambie su actitud, se le arrodilla; está obsesionada con esa figura que la maltrata y la alimenta. A simple vista, Irene parece un ama de casa normal y corriente, pero la verdad es que es una persona destrozada por la muerte de su esposo, por las opiniones de su vecino y por el qué dirá la sociedad. Es solitaria y se llena de una fuerza abrumadora con sus pocas amistades. Sin duda, es víctima y victimaria de Ignatius, con quien mantiene una relación profunda y destructiva.

MYRNA MINKOFF

Durante la mayor parte del libro, solo conocemos a Myrna a partir de su escritura. Le escribe cartas angustiosas a Ignatius en las que le pide que viva más libre, que se desprenda de las cadenas de una ciudad provincial y simple y de la relación con Irene. Se puede decir que Myrna es la fuerza de la época. En un libro escrito en los albores del movimiento *hippie*, Myrna representa la potencia de varios movimientos de mitad de siglo: el movimiento por la defensa de los derechos civiles, el psicoanálisis y la izquierda económica.

Myrna es judía y liberada. Es una contraparte de Ignatius. Él, que es ético y reaccionario, es el lado opuesto al liberalismo de Myrna, quien está feliz en una Nueva York poblada de *beatniks* y de estudiantes de distintos países del mundo. Sin embargo, se complementan, pues son igual de incendiarios y revolucionarios: sobre todo, se oponen al pensamiento simple, a la mediocridad de la sociedad que se avecina.

BURMA JONES

Burma Jones representa el lado más empobrecido y rechazado de la ciudad de Nueva Orleans. Es atacado por la policía y se pasa el tiempo bebiendo en bares de mala muerte. Como parte de esa sociedad olvidada, a Jones se le niega un sueldo digno para su trabajo. Es la cara de los relegados de los relegados: si los blancos pobres lo pasan mal en el libro, Jones, por ser negro, o trabaja en malas condiciones o es encarcelado por la policía.

En el original, el lenguaje de Jones es rico, una construcción propia de las calles de Nueva Orleans, extraña y diversa.

MANCUSO

Ni siquiera el poder de la policía se salva en *La conjura de los necios*. Mancuso, un simple oficial, es maltratado por sus superiores. Se ve obligado a disfrazarse con atuendos ridículos para atrapar delincuentes y es un paria más de la fauna extravagante de la ciudad. Entregado a su trabajo, es pobre de espíritu, otro más de la larga fila de necias y pobres almas de la sociedad.

DARLENE

Darlene sueña con ser bailarina exótica, pero solo es contratada para ser camarera. Es noble y se deja atacar constantemente por Lana Lee, su patrona. Es un personaje particular, que sueña con mostrarse a los hombres y con trabajar a partir del sexo, pero no lo logra. Darlene es también desdichada, ya que se trata de un personaje marginal que quiere ser deseado pero a quien nadie desea.

CONSIDERACIONES FORMALES

LA PICARESCA

La conjura de los necios es narrada desde una voz fría que no se involucra mucho con los personajes. La voz del narrador es distante y está comprometida con mostrar esa realidad extraña del libro con total objetividad. No obstante, probablemente es ese tono el que hace que los hechos humorísticos resalten. Con desentendimiento, habla de una lucha entre Ignatius y su superior inmediato en Industrias Paraíso, la empresa de perritos calientes, y del baile ridículo de nuestro héroe frente a los trabajadores negros de Levy Pants.

Estos hechos son identificables con los del género de la picaresca, que es muy cercano a la literatura hispana. La picaresca nace como reacción a la literatura seria y elevada del Renacimiento. Los personajes de este género forman parte de las clases bajas y comúnmente se muestran en sus lugares de trabajo, engañando a sus patrones. Este tipo de literatura también está centrado en lo corporal y en el humor físico; los personajes se pedorrean, vomitan, comen, se caen, se golpean, cagan. Seguramente, el lector moderno podrá identificar este tipo de humor en series televisivas como *El Chavo del 8*, la legendaria serie de humor mexicana transmitida por Televisa para toda Latinoamérica entre 1971 y 1980, y que precisamente sigue este tipo de humor. En ella, un niño indigente vive en una humilde vecindad en la que todos parecen odiarse, y los personajes se pegan, se insultan y lloran.

La literatura picaresca puede haber sido vista en muchos momentos como vulgar o grosera, pero la verdad es que es importante por el realce que hace de personajes oscuros y populares y, sobre todo, por la descripción original que realiza de las clases sociales. Así, este tipo de novela puede ser leído como una crítica al elitismo y a la concentración del poder económico y político en manos de unos pocos.

Esta es la misma estructura y el mismo tono que tiene la novela de John Kennedy Toole: se centra en mostrar lo más bajo de la sociedad y en exponer la imposibilidad de que esas clases sociales progresen. Así, por ejemplo, los movimientos políticos que lidera Ignatius no tienen éxito y, aunque los personajes logren pequeñas victorias cotidianas, sus vidas no cambian: siguen siendo perdedores sin dinero que no logran avanzar en ese gran círculo de las clases sociales.

Se trata, pues, de una novela que conjuga las estructuras de la comedia y la tragedia. Mientras que los personajes son graciosos y sus cuerpos son fuente de humor, en términos generales sus historias terminan de forma trágica. La comedia, que desde la Antigüedad parece terminar con una victoria para el personaje principal, se ve transformada en la picaresca: culmina sin un movimiento aparente, con un atascamiento de los personajes en sus miserables vidas.

CAJAS CHINAS

La estructura general de *La conjura de los necios* se asemeja bastante a la del libro *De la consolación de la filosofía*. En ambas obras hay capítulos subdivididos en otros capítulos y tramas divergentes que se reúnen al final en un cataclismo: un final sorprendente y angustioso para el lector.

Por ejemplo, hay capítulos centrados exclusivamente en Jones y las injusticias del bar en el que trabaja o en Darlene y sus sueños. Estos textos conforman un mundo, una miríada de miradas que se van complementando.

No obstante, lo que más llama la atención de *La conjura de los necios* es el uso de textos adyacentes que nos explican más sobre los personajes y sus acciones. No solo habla la voz fría del narrador, también somos espectadores de las cartas entre Ignatius y Myrna, en las que se nos otorgan datos sobre su relación y su ideología y gracias a las que sabemos de las actividades políticas de Myrna y de las charlas que ellos mantenían.

Así mismo, somos lectores del libro que escribe Ignatius, *Diario de un chico trabajador*, en el que consigna incendiarias notas sobre la sociedad en la que vive. Además de ser un texto bastante humorístico que nos narra los absurdos del mundo laboral, el él también vemos reflejada la mentalidad de Ignatius. Este diario es el centro neurálgico del libro, una exploración de la particular visión del mundo de nuestro héroe.

Además, se nos presentan secciones originales del libro de Boecio y epígrafes de autores clásicos, que nos ofrecen una ventana a las lecturas de Ignatius.

Finalmente, Ignatius describe y se burla de series de televisión y películas de la época. Todas estas técnicas estructurales nos abren puertas al mundo medieval y ético de Ignatius. Así, más que ver una serie de acciones, nos adentramos en una ideología y somos testigos del pensamiento del personaje.

TEMÁTICAS Y CLAVES DE LECTURA

ALIENACIÓN Y POBREZA

Los espacios que se presentan en *La conjura de los necios* son claustrofóbicos y están llenos de objetos. Lo único particular es que estos objetos son pura chatarra, residuos de un mundo que los personajes no han presenciado:

> «El apartamento de la señorita Trixie estaba decorado con trapos, basura, trozos de metal, cajas de cartón. Debajo de todo aquello debía de haber muebles, sin duda. Pero la superficie, el terreno visible, era un paisaje de ropas viejas, cajas y periódicos. Había un paso por el centro de la montaña, un pequeño claro entra la basura, un estrecho pasillo de suelo despejado» (Kennedy Toole 2015, 368).

No es que los personajes vivan en la pobreza, sino que viven acumulando pobreza. Los objetos que tienen no representan nada, no son intercambiables. ¿Podrían cambiar todo este desecho por algún objeto con valor? Para nada. Así mismo, los personajes son perdedores. La mayoría son desempleados y los que trabajan lo hacen en lugares lúgubres, con salarios miserables. Esta ciudad parece llena de miseria; no hay nadie que se salve en esta acumulación de podredumbre.

Esta pobreza se ve acentuada por la alienación. Los personajes son solitarios y están poseídos por los demonios del alcohol, la televisión, el cine y el trabajo mal pagado. Los apartamentos y cuartos inmundos y apestosos son ocupados por personajes que no tienen con quien hablar y que, cuando hablan, lo hacen exclusivamente para pelearse. Su único contacto con otros se lleva a cabo a través de los medios de comunicación: teléfonos, televisores y pantallas de cine.

TRABAJO

Ignatius se niega a trabajar, pero su madre le obliga a hacerlo. «¿Por qué no puedo sentarme a escribir y a escribir y a escribir?», se pregunta. En sus trabajos gana unos salarios míseros y debe realizar labores repetitivas. La visión del trabajo en el libro es precisamente esa: no hay trabajo limpio, justo o en el que el pensamiento y el espíritu se vean favorecidos. Todo lo contrario: los trabajos son obligaciones que nos dan madres, padres, policías y patrones.

Aún más, el trabajo tampoco ofrece salidas o posiciones privilegiadas: alcanza sencillamente para sobrevivir. Ignatius gana unos pocos dólares al día y Jones tiene que conformarse con un trabajo de barrendero sin poder salir de su barrio, en los límites de la ciudad.

Pero, además, las protestas y las conformaciones de partidos políticos tampoco ofrecen una salida. Cuando Ignatius organiza a los trabajadores de la fábrica, solo consigue ser despedido de su puesto y quedar en ridículo: no hay nada que hacer cuando la miseria está organizada. No hay salida cuando ya todos los trabajadores han sido despedidos.

Por supuesto, el trabajo de la escritura está mal visto. No hay remuneración para los inteligentes manuscritos de Ignatius y tampoco la hay a cambio del arte del desnudismo practicado por Darlene. Ni la inteligencia ni el trabajo muscular son retribuidos en esta ciudad oscura.

POLÍTICA

Lo más particular del pensamiento de Ignatius es su posición política. Tal como sucede con su visión de la religión —es un católico ferviente que detesta al papa—, la política en la mente de nuestro héroe es una amalgama de posiciones. Varias veces, Ignatius apunta que el sistema político de su preferencia es el monarquismo, pero en ocasiones parece un izquierdista comprometido. En vez de añorar el feudalismo que su ética implica, apoya los movimientos sindicales de los negros de Nueva Orleans. Así mismo, en vez de seguir las estrictas líneas de la Iglesia católica, intenta conformar un partido político de gais y lesbianas.

Sin duda, Ignatius es un provocador que, con el fin de exponer sus ideas reaccionarias, se alía incluso con la liberal Myrna. Todo lo que se puede decir de sus ideas políticas es que es un incendiario: le interesa destruir los cimientos de la sociedad moderna con su degeneración, sus injusticias y su abandono del espíritu. Esta es la base de su pensamiento: la sociedad se ha convertido en un nido de posturas consumistas que hacen que el humano abandone el cultivo del intelecto y del espíritu noble.

PISTAS PARA LA REFLEXIÓN

ALGUNAS PREGUNTAS PARA PROFUNDIZAR EN SU REFLEXIÓN...

- ¿Qué importancia cree que tienen los disfraces en *La conjura de los necios*?
- Escriba una reseña sobre *Diario de un chico trabajador.*
- ¿Si tuviera que entrevistar a Ignatius, qué le preguntaría?
- Se han hecho varias analogías entre Ignatius y Don Quijote de la Mancha, ¿con qué personaje de *La conjura de los necios* identifica a Sancho Panza?
- ¿Por qué cree que Ignatius ve tanta televisión, si es tan crítico con la modernidad?

¡Su opinión nos interesa!
¡Deje un comentario en la página web de su librería en línea,
y comparta sus favoritos en las redes sociales!

PARA IR MÁS ALLÁ

EDICIÓN DE REFERENCIA

- Toole, John Kennedy. 2015. *La conjura de los necios.* 48.ª ed. España: Anagrama.

ESTUDIOS DE REFERENCIA

- Echavarría, Marín. 2009. "Las enfermedades mentales según Tomás de Aquino. Sobre las enfermedades (mentales) en sentido estricto". Estudio, Universidad Abat Oliba CEU. Consultado el 3 de marzo de 2018. http://bdigital.uncu.edu.ar/objetos_digitales/3793/03-echavarria-scripta-v3-n1.pdf

- García, Alejandra. 2015. "Las incógnitas de 'La conjura de los necios', desveladas". *El País*. 13 de julio. Consultado el 3 de marzo de 2018. http://elpais.com/elpais/2015/07/13/tentaciones/1436779957_391981.html

- Marx, Karl. 1968. *Manuscritos: economía y filosofía.* Madrid: Alianza Editorial.

LECTURA RECOMENDADA

- Boecio. 1997. *La consolación de la filosofía.* Traducido por Leonor Pérez Gómez. Madrid: Akal. Se trata del mismísimo texto de cabecera de Ignatius. En el libro, el autor se encuentra con Filosofía, quien le explica por qué los injustos reciben buenos tratos y los justos no. Se piensa que la obra fue escrita mientras Boecio estuvo en la cárcel.

# ResumenExpress.com

GUÍA DE LECTURA

Muchas más guías
para descubrir tu pasión
por la literatura

www.resumenexpress.com

© ResumenExpress.com, 2018. Todos los derechos reservados.

www.resumenexpress.com

ISBN ebook: 9782806295019

ISBN papel: 9782806295026

Depósito legal: D/2017/12603/141

Cubierta: © Primento

Libro realizado por Primento, el socio digital de los editores